마음으로 쓴 편지

마음으로 쓴 편지

—

초판 1쇄 2020년 4월 10일
지은이 이옥분
펴낸이 김영재
펴낸곳 책만드는집

—

주소 서울 마포구 양화로3길 99, 4층 (04022)
전화 3142-1585·6
팩스 336-8908
전자우편 chaekjip@naver.com
출판등록 1994년 1월 13일 제10-927호
ⓒ 이옥분, 2020

—

—

ISBN 978-89-7944-723-1 (04810)
ISBN 978-89-7944-354-7 (세트)

책 만 드 는 집　시 인 선 1 4 4

마음으로 쓴 편지

이옥분 시조집

책만드는집

이 세상
가장 무거운 것이 그리움이라면

꽃 지는 저녁이라도
이 짐은 내 것이네

내 사랑
안타까운 사랑 보고픔 끝이 없네

재롱을 쥐던 손
이웃을 도우라고
기도하며 키웠단다
맑고 고운 내 사랑

이제는 내 詩가 되어
어디든지 동행하리.

-2020년 4월
이옥분

『마음으로 쓴 편지』를 읽고

유성규 세계전통시인협회 회장

이옥분 시인은 순수하고 소박한 천분天分의 시인이다. 문학의 힘을 기르는 데 많은 노력을 하는 결 고운 모습은 작품으로 만날 때마다 내면의 아름다움이나, 진리를 탐구하는 모습, 그리고 주변을 밝게 만드는 힘이 많음을 보여주는 것 같다.

다음은 이옥분 시인이 가장 존경하는 스승 한순보 선생을 생각하며 쓴 글이다.

나를 닮아 곰 같다시며
난 촉 틔우시듯

그 사랑에 덴 마음
꼬깃꼬깃 붙잡고서

내 지친 삶 자락마다

시혼을 지핍니다.

－「마음으로 쓴 편지－한순보 스승님께」전문

　이 시의 진수는 "나를 닮아 곰 같다"이다. 한순보 시인은 겨
레의 마음을 바르게 가꾸려면 시조를 지어야 한다며 시조 생활
화 운동의 길을 택하시고 열정적으로 자나 깨나 시조를 보급
하는 일에 정진하셨다. 시조를 위하는 일이라면 타협 없이 헌
신하시는 모습을 보고 제자인 이옥분도 따라 묵묵히 시조 짓는
것이 대견스러우셨는지 스승님을 따르는 제자들에게 "나를 닮
아 곰 같다"라며 고마움을 전해주셨다. 한순보 시인은 제자가
곧 약삭빠르지는 못하지만 올곧고 소박하여 귀엽다는 뜻으로
하신 말씀이 아닌가. 한순보 시인은 내가 가장 존경하고 아끼
던 시인이다. 몇 살 연하인 나를 깍듯이 스승 대접을 하시는 그
덕장德將 앞에 나는 큰 감동을 받곤 하였다. 이옥분 시인이 이런
스승을 지녔다는 것은 행운 중의 행운이다.
　다음은 시댁 시할머니와 시어머니가 가족을 위해 한평생 순
종으로 헌신하며 가꾸신 사랑이 얼마나 숭고한가에 대한 감사
를 가슴에서 퍼 올려 쓴 시다.

　　갈증으로 부쩍 여윈 화산마을 배롱나무

파인 상처 그냥 두고 고목에도 꽃 피었다

할머니 발걸음 소리에 여름을 신고 왔다.
－「다시 고향 집에서」 전문

배롱나무 고목에 싹 돋고 꽃 핀 것이 은혜로움이요 감사한 일이 아닌가? 이처럼 한 가정의 화평을 위해 사랑과 헌신으로 묵묵히 견뎌주신 분들이 시댁 어른들이라는 것을 깨달은 시인은 가뭄을 견디고 꽃 피운 나무가 가난을 견디며 집안을 돌보신 어머니와 할머니의 고마움이라고 말하고 있다. 고목임에도 매년 여름이면 활짝 펴 모두의 마음을 기쁘게 해주는 배롱꽃처럼, 고된 노동을 자랑하지 않고 가족의 기쁨만 생각하신 어머니와 할머니가 그립고 가슴 깊이 고맙다는 내용이다. 할머니 발소리가 여름을 신고 왔다고 말하는 것 자체가 물아일체의 경지를 그려냈다. 하찮게 보이는 것이나 작은 것에서조차 아주 큰 것을 캐내는 이 시인의 시적 재분才分을 높이 사고 싶다.

엄마 친구 골무꽃
서러운 보랏빛

허기를 참으시며

울음도 용해시켜

골무 속
생인손 넣어
나를 꽃피우셨네.
―「골무꽃」전문

　친정엄마가 친구처럼 아끼던 골무가 있다. 골무는 모든 여성
의 친구이듯 이옥분 시인의 어머니도 살림에 보탬이 되고자 생
계를 위해 골무를 손가락에 끼고 식솔들을 챙기셨다. 골무꽃이
핀 것을 보고 고난을 벗 삼던 시간을 되살려 감사의 마음으로
쓴 시다. 스스로 제 몸을 태우면서 빛을 내는 촛불처럼 어머니
는 생명을 이어주는 빛이며 사랑을 쏟아 사랑을 꽃피우는 위대
한 분임을 시인은 눈물겹게 말하고 있다.

　고향을 잃었으니 희망도 없다고
　뼈만 남은 사내들 마음에는 옹이 두엇
　자유를 빼앗긴 만큼 살길이 아득해라

　움푹 파인 두 눈에 태양이 담기면
　가 닿을 곳 찾아가 텃밭 옮길 씨앗처럼
　전쟁을 용서하지 말자는 울음이 너무 크다.

─「잊지 마세요–거제 포로수용소에서」전문

6·25전쟁이 만들어낸 거제도 포로수용소에 가서 느끼는 첫 번째가 세상에 가장 무서운 죄가 전쟁이라고 생각한 것이다. 시인이 바라본 사진 속 뼈만 남은 참담한 모습의 사내들이 내 남편, 내 자식이라 생각해보라. 소름이 오싹 돋을 슬픔이 아닌가? 전쟁은 누굴 위한 짓인가? 이데올로기의 대립으로 시작된 비극을 다시는 되풀이하면 안 되겠다는 마음을 이 시인은 강하게 외치고 있다. 이 시는 짧막한 두 수짜리 시조로 그 참상을 너무나 잘 그려냈다. 역시 명시조다.

효자보다 든든하다 윤기 냈던 집 두고
재개발로 쫓겨난 날

우레같이 천둥같이

입주권
한 장 종이가
부고장이라 외치는 노인.

─「수상한 부고장」전문

경제 발전이 산업화의 빛이라면 빈곤의 그늘이 무엇인지 말

해주는 시다. 도시 재개발이 시대적 소명이라는 미명하에 낡은 주택을 헐고 현대식 건물이 들어설 때 이 대열에 들고 싶어도 경제력이 없어 살던 동네에서 쫓겨나는 서민들의 외마디이다. 환경 개선이 무조건 좋은 것이 아니듯, 보다 나은 삶이 행복한 삶이 아니라는 것을 지적해주는 좋은 시다. 시인의 눈은 여러 개의 시선을 가지되 좀 더 정직해야 하며, 소외됨으로 자신의 몫을 빼앗기는 사회적 약자의 눈물을 읽을 줄 알아야 한다. 이 시야말로 지금 대한민국 서울과 수도권에서 무수히 일어나고 있는 빈곤층의 일이다. 모두가 사회적 약자들과 더불어 살아가자고 시인은 절절히 외친다.

산들이 수척하니 강물도 말을 잃은

북녘은 가고픈 곳

아파도 좋은 사랑처럼

그리움 태운 자리에

간곡한 기도 소리.
—「다시 DMZ에서」 전문

이 시인은 이데올로기로 인한 민족의 상처를 인간의 최고 지성인 사랑으로 치유하길 원한다. 산, 강, 바람 모두가 우리들처럼 통일을 원한다는 것이다. 전쟁으로 인한 고통은 사람들의 마음에도 있고, 국토에도 있다고 말한다. DMZ는 전쟁의 상처다. 서로 차갑게 바라보는 냉전의 땅인 DMZ는 우리 민족의 최대 염원인 남북통일의 날을 지금도 기다리고 있다고 의인화했다. 전쟁을 모르는 세대도 전쟁을 겪은 세대가 전하는 말을 듣고 통일을 원한다고 시인은 말하고 있다. 평화적 통일로 민주를 꽃피우는 그날이 오기를 간절히 바라는 시인의 염원을 간곡하게 잘 나타낸 명시다.

맨몸으로 들어갔네
살 떨리는 해저 막장

내뱉은 한숨에도
뿜어나는 석탄가루

조센징
채찍 묻은 말 넘쳤던 생지옥.
―「군함도」 전문

이옥분 시인은 시조의 정형을 아주 잘 이해하고 지킨다. 뿐만 아니라 시인이 가져야 할 사물을 바라보는 시선과 주제에 대한 인식이 개인이나 공동체가 가져야 할 태도를 지니고 있어 많은 사람들이 읽을수록 공감을 갖게 한다. 일본의 한국 식민정책 중 가장 참혹한 모습의 하나가 '군함도'다. 그 깊디깊은 바닷속의 참화를 우리 한민족은 영원히 잊지 못하리라. 끔찍한 민족 차별하며 입으로 뿜어낸 석탄가루의 원한을 우리 어찌 잊으랴. 지겨운 조센징 소리를 되새김질하며 다시는 이런 치욕의 역사를 되풀이하지 말자는 외침은 시인의 조국애가 얼마큼인지 가늠케 한다.

세계 전통시인협회 초창기의 유공자 이옥분 시인. 이번 시집을 딛고 일어서 문단의 기린아가 되기를 빌며 이만 줄인다.

| 차례 |

1부   사랑을 발효시켜 얻다

2부   꽃보다 아름다운 것

3부   슬픔을 이길 방법을 안다

4부 과거로부터 배운 보물

5부 서로의 마음 헤아리기

1부

사랑을 발효시켜 얻다

골무꽃

엄마 친구 골무꽃
서러운 보랏빛

허기를 참으시며
울음도 용해시켜

골무 속
생인손 넣어
나를 꽃피우셨네.

다시 DMZ에서

산들이 수척하니 강물도 말을 잃은

북녘은 가고픈 곳

아파도 좋은 사랑처럼

그리움 태운 자리에

간곡한 기도 소리.

매화 생각
– 윤봉길 의사를 기리며

울분을 발효시킨 물병 폭탄 던진 날

적장의 가슴에 만개한 매화꽃

춘설이 난분분해도
봄이 온다 알렸지.

우리의 독도

가슴을 후려치며 격정하는 물소리에

바위섬 얼싸안고 켕긴 외로움 헹구며

"자식을 모르는 어미 어디 있나 말해봐."

군함도*

맨몸으로 들어갔네
살 떨리는 해저 막장

내뱉은 한숨에도
뿜어나는 석탄가루

조센징
채찍 묻은 말 넘쳤던 생지옥.

* 일본명 하시마섬.

가시마을의 봄

그림자 사라져 버려진 마을에
아찔한 죽음을 말할 수 있는
봄이 왔다

4·3길
'잃어버린 마을'
표석 위에
봄이 왔단다.

백합꽃 핀 자리

지난겨울 찬 바람 꽃자리에 다녀가
더이상 여름을 기대할 일 없었는데
꽃대를 뽑아 올리더니 송이송이 명창이네

어째서 습성을 섣불리 믿어버려
기다리는 설렘을 놓치고 애달팠지
한여름 참회록을 쓴다 네 향기 품고서.

모란

봄꽃 곁
찬란한 봄 또다시 꿈꾸는

붉게 타는 꽃술에
영랑의 詩를 얹었다

나, 이제 봄노래 한다
슬픔 이길 노래를.

DMZ 무너진 경비 초소

반세기 훌쩍 지나도록 쟁여진 미움이

봄볕 닮은 세상사에 나 몰라라 무너졌네

그 자리 새순 돋을 때 꽃구름도 오겠다.

천리포 기행

햇살을 안고 선 나무는 눈부신데

물안개 벗어 던지며
말을 거네 꽃들이

하늘의 비밀을 누설한
연금술사 여기 계시네.

수부천의 여름

보령댐 수문 단 후 성대 잃은 냇가

잡초들만 수북이
텃밭처럼 앉아서

전설을 이야기하네
물고기 살던 산골 마을.

가파도, 숨비소리

깊고 거친 바다보다
가난이 저승 같아

통증 낱낱 지우겠다
뛰어든 난바다

쇠잔한 숨비소리는
잠녀의 한숨 소리.

간극 좁히기

아껴야 잘산다는 말
뉘게는 아픈 말

여러 개 눈 갖는 것
땀방울도 헤아리는 것

오지에 꽃자리 마련한
그 손길도 보는 것.

마음으로 쓴 편지
- 한순보 스승님께

나를 닮아 곰 같다시며
난 촉 틔우시듯

그 사랑에 덴 마음
꼬깃꼬깃 붙잡고서

내 지친 삶 자락마다
시혼을 지핍니다.

돌꽃

기막힌 말 소문날까
바위 앞에 했던 게지

가슴에 새긴 그 말
억겁 세월 지난 그 말

끝까지
참고 참았나 봐!
꽃을 피웠네,
정말!

첫아이, 첫걸음

봄볕 따사로워 신발을 챙겼다
"가야 할 길이란다 넘어지면 일어나"
도랑물 건너갈 때면
내 손을 잡으렴

더러는
감꽃잎 피 울음 들어도
빗장을 채우지 않는
푸른 산 걷다 보면
까치밥 붉은 눈매를
마주칠 날 올 거야.

우리 언니

비 온 후 저 하늘
무지개로 떠 있다가

호젓한 산길에
들꽃으로 앉은 모습

천 번도 더 부른 이름
나의 고운 언니야.

죽로차

댓잎에 맺힌 이슬
차나무의 생명수

잎샘추위 속에서
어린잎을 틔웠네

반그늘 툇마루 앉아
매듭 풀며 마신 차.

2부

꽃보다 아름다운 것

호랑가시밭 소녀

어머니!
아프게 불렀을 소녀야

호랑가시 찔린 발로
여태껏 우는 게야

창녀란 애먼 소리에
내 심장도 저리단다.

그림자 노동
– 구로동부터 개포동 6411번 노선버스

새벽 네 시, 生을 위해 일상처럼 첫차 올라
오체투지 격전 앞에 꿀잠 잇는 사람들
"미화원 그게 어디야"
성근 말 아리다

노동을 한다는 건 제 짐을 지는 것
뼈 시린 고통은 땀으로만 맑아진다며
발바닥 물집 터뜨렸나
걸음이 경쾌하다

궤도처럼 돌아가며 온점 찍은 일터마다
온기 묻은 손들이 묵언수행 중이다
사막도 별 하나로 건너듯
꿈 있어 견딘단다.

출사 뒤, 끝
– 사진 전시회를 앞두고

기억하렴!
한 컷 위해 짓밟힌 풀꽃 무리

흔해도 저마다
생을 위해 울었는데

표적만
응시하는 렌즈
환생했나?
뫼르소!

노량진, 공시생

누룩빛 얼굴에도 컵밥이 주식이다

깨어 있는 문장들을 경전처럼 새긴 너

젊어서 꿈꾸는 거다

몇 년째 비상 대기 중.

지심도, 해후

동백 같은 친구 넷이 찾아간 지심도

세월 아는 나이 맞게
자랑을 멀리하고

감춰둔 아픔을 펴는 말
울음보다 진했지

인생 닮은 구부렁한
봄 길 튼 산길에서
지나간 세월보다
다가올 시간 헤다
동백꽃 따뜻한 미소를
상처 위에 동여맸지.

주저흔
-붉은 거북이

죽음의 이력이 몸속에서 나왔다

웬 말인가?
죄다 우리가 버린 스티로폼

영혼만 빠져나갔네
등껍질 두고서.

긴, 이별
– 세월호 미수습자 장례식

맹골수도 물소리는 온통 곡진하다

백목련, 자귀꽃 모두 줘도 우는 바다

물결 위 햇살 알갱이 보며
봄 꿩처럼 울었다.

꿀벌

꿀벌이 사라지면
계시록이 필요한가?

드넓은 땅
지상 모서리
흐드러지게 핀 꽃마다

촘촘히 누가 찾아가
인류를 구원할까?

물의 뼈

적시고 흐르기만 아닌
진정한 협상가

바위 훑고 흙도 엎어
종유석도 키우더니

순명의
세월을 견뎠나
초록 별로 빛나는걸.

설록차

철새가 떠난 하늘
찬 바람도 울고 간다

노을도 내 맘처럼
눈시울이 찡한데

찻잔엔
한생을 우려낸
이야기가
더 뜨겁다.

소금 광부

- 세네갈 레트바 소금호수

바다 염도 열 배 넘는 붉은 호수 속에서

가족 위해 매일매일 염장하는 아버지

하루도 쉼표가 없네
열세 식구 등에 진 채.

환청

가슴 졸이며 출근하는 몇 해째 계약직

한기 스민 지하 방도 묵묵히 견딘 나날

정규직 그 한마디가
환청처럼 들렸겠다.

열네 살 소녀

지참금에 팔려 왔지, 네 번째 부인으로

무릎까지 곪은 상처 쿡, 쿡, 쿡 쑤셔대도

가난은 꿈도 키우나니
울어라 세상 향해.

스몸비

신호등도 관심 없는
거리의 이방인
애당초 소통의 창은
디지털 세상뿐
경적도 들리지 않는
스몸비가 걸어간다.

아! 아우슈비츠
− 폴란드 아우슈비츠 수용소에서

일하면 자유로워진다는 팻말은 덫이었네
소녀까지 굶겨 죽인 아사의 방 벽마다
엄마를 애절히 부르는 낙서가 아리다

고된 노동 시키고도 생목숨에 목을 메고
총알도 아까워 독가스실 몰아넣은
이념이 미이라가 된 이십 세기 전설의 집

카펫과 골분 비료가 죽음의 산물이라니?
참혹한 물음에 이제야 내민 꽃다발
역사를 사죄한다며 무릎 꿇는 이 자리.

위안부를 위한 노래

돈을 벌 수 있다는 거짓 꾐에 넘어갔든
거리에 나갔다가 맨발로 끌려갔든
"어머니" 그 외마디를 아프게 부른 소녀야

군홧발로 밟힌 상처 흉터 져 있는 자리
고운 입김 보탤게요
꽃씨 뿌려드릴게요
저 홀로 울지 않도록 손도 잡아드릴게요

어린 날 꿈들이 밀물처럼 덮쳐오면
솔숲을 도는 강물의 노래 들으러 가요
색동옷 곱게 입었던 그날만 생각해요.

3부
슬픔을 이길 방법을 안다

남편의 갱년기

벼슬을 세우고 싸움하는 닭처럼
집 안에 걷어낼 것 콕콕 찍어 감추더니
환한 낮 의자 기댄 채 비스듬히 자고 있다

외줄 걷던 지난날 어깨 힘줄 끊어져도
참는 것이 사는 법 주문처럼 외우다
힘든 이 만나고 나면 주몽이 환생한 듯

학처럼 날개 펴신 아버지도 하늘 가고
방문 열면 달게 웃던 얼굴들 떠난 요즘
애달픔 산란될 때면 눈 감고 날밤 새운다.

핑크뮬리

잡초 함께
밟혀도
상처 잊고 일어난 그대

척박할수록
눈물 참고 보란 듯 꿈 키운 그대

그 온기
꼬옥 품고서
가을을 밝힌 그대.

꽃들의 노래

칡넝쿨 오른쪽으로
등 넝쿨 왼쪽으로
갈등하며 오르다
득음한 여인이여
싸늘한 눈빛 지우고
아이처럼 웃는다.

청혼가

물 표면 수풀 사이
흩뿌려도 자라나

맹꽁맹꽁 달빛 아래
세레나데 불렀는데

누구요?
내 청혼가로
작명을 하신 이는.

오래된 수첩

귀퉁이가 뭉뚝해져 내팽개친 수첩에는
한때 팽팽한 말로 속셈을 나눈 이름들과
세월에 마침표를 찍은 이름들이 함께 있다

조등 같은 목련 송이 벌어진 그 봄날
사월의 노래로 목청을 돋우었던
친구는 어느 곳에서 통증 재고 있을까

풍경은 계절 따라 자서전을 쓰지만
달려온 시간에도 변치 않는 이름들이
눅눅한 수첩 속에서 그리움을 산란하고 있다.

어머니의 시간

햇살과 명지바람 번갈아 드나들던
어머니 장독 안에 메주꽃 피었다
떠돌던 세상일들을 외면하던 그런 날

반질한 부뚜막에 솎아 오신 채소 두고
시간이 쟁여진 독 가만 보신 어머니
언어를 고르시듯 떠 허기 달랜 어느 아침

가족들 모이면 이야기꽃 피우라고
간직할 것 망각한 채 할 말도 잊고 사시다
세상 문 걸어 잠그고 홀로 하늘 드셨다.

주연배우의 부고

타인의 생 배역했던
한생이 끝났다

이제부터 사는 시간
오롯이 제 인생

뼈와 살
흙이 되는 일
대역 없는 제 몫이다.

할미꽃

길옆 봉분 사이 할미꽃 피었다

슬픔이란 꽃말처럼
제 몸을 아끼지 않는

어머니
하늘 채마밭
두고 오실 마실 길.

제암리의 봄
− 화성시 제암리 3·1운동 유적지

총칼에 쓰러져 불에 탄 자리마다

햇살이 드나들었나?
들꽃이 피었네

실바람 기웃거릴 때마다
꽃향기도
싣고 오네.

도편수에게
－ 전등사 나부상

허물도 상처도 감싸줄 용기 있나?
술과 웃음 판다고 헛다리 짚지 마시라

사백 년 처마 밑에다
벗겨놓은 이 누군데?

배흘림기둥의 고백

신발은 맞게 신고,
배는 불룩 죄송해요

돌 쪼는 일 호락호락하지는 않잖아요?

보세요,
수려한 곡선미
예쁘면 용서돼요.

수상한 부고장

효자보다 든든하다 윤기 냈던 집 두고
재개발로 쫓겨난 날

우레같이 천둥같이

입주권
한 장 종이가
부고장이라 외치는 노인.

슬픈 이사

산 자를 위하여 도시를 짓겠다는
비문 옆 재개발 경고장 펄럭인다

곤한 잠 깨워드리려니
세상 이치에 가슴 친다.

프라하 스케치
– 천문시계탑

나치의 폭격에도 초침은 멈추지 않고
흐르는 건 시간이다 진실을 외쳤듯
매시간 모래시계를 뒤집는 것 좀 봐

보다 나은 삶을 위해 자유를 억압했던
부끄러운 꿈들이 박제된 거리에서
더이상 견고한 사상은 원하지 않는다

중세의 광장으로 순례자들 모여서
하누스*의 두 눈을 멀게 했단 진실보다
찬란한 시계 모양만 감탄하는 프라하.

* 프라하의 랜드마크인 오를로이 시계탑을 만든 장인.

연변 아줌마

살점 같은 자식을 고향에 두고 온 그녀
몇 해만 돈 벌어 귀향을 한다더니
웬일로 농촌 총각 청혼에 살림이 깨 맛이다

온종일 비닐하우스에서 꽃을 돌봐도
한 달에 약간의 돈만 제 자식에게 보내주면
힘들다 내색도 없이 일 잘하는 눈 맑은 그녀

'저러다 도망가지 자식 두고 왔으니'
아무리 눈여겨봐도 고향을 옳긴 듯
가시에 찔린 아픔 잊고 장미처럼 웃는다.

* 화훼 농가에서 일하는 연변 아주머니를 보고.

가을 강가에서

저무는 강가에
하얀 갈대의 손

물소리 곡조 따라
춤사위 애잔해도

이별이
서럽지 않다
시린 등 뒤척인다

한평생
낮은 곳을 맨발로 내딛어도
등뼈 가득 물결 위로
울먹이며 詩를 쓰는

강물은

나의 눈물도
품고서 흘러간다.

잊지 마세요
– 거제 포로수용소에서

고향을 잃었으니 희망도 없다고
뼈만 남은 사내들 마음에는 옹이 두엇
자유를 빼앗긴 만큼 살길이 아득해라

움푹 파인 두 눈에 태양이 담기면
가 닿을 곳 찾아가 텃밭 옮길 씨앗처럼
전쟁을 용서하지 말자는 울음이 너무 크다.

4부

과거로부터 배운 보물

사선의 눈

- 식영정 이십영

세상으로 향하는 길 지워진 자리에
평등 외친 어진 이들 부지런히 모였다지
배움의 허기를 채울 가사들 수북한걸

정다운 사이에도 뵈지 않는 선을 긋고
짓밟을까 우러를까 속셈 눈짓 재빨라도
사선은 봄보리 눈매로 자연을 노래했네

꽃빛, 풀빛 물들이고 별 헤는 깊은 밤
완강한 누군가의 손을 잡지 않아도
역사의 물굽이를 펼 손들이 보인다.

창평 소묘
– 창평 슬로시티 마을에서

뙤약볕 비껴 앉은 삼지천 늦은 오후
돌담장 끼고 앉은 항아리 안에는
햇살이 손끝으로 낸 맛 숨 쉬고 있었다

오래된 장맛처럼 쿰쿰한 살냄새
장인은 허리 굽혀 장맛을 간한다
맑은 물 깨끗한 바람으로 빚은 맛 맛나다

뻘뻘 땀 흘리며 배춧국을 먹으니
그 옛날 남루한 기억들이 어른댄다
엄마의 보랏빛 콩꽃 내 유년의 고운 뜨락.

물 위에 쓰는 詩
-담양 호수

메마른 흙 뒤집고 애타는 농부처럼
불볕으로 졸아든 물 연못이라 불리던 날
이슬이 풀잎에 맺힐 때
뿌리 아픔 기억했나

마른 목 참으며 생을 던진 나무들이
소스라친 통증에도 물길 열고 길을 터
담양호 둘레길까지
맑은 물 보냈다

넘실넘실 흥 돋우며 산을 향해 율을 푸는
그 눈빛 하나로 물총새는 날아들고
몸 낮춰 마른논 찾는 물
너겁들 골라낸다.

노송老松의 노래
─송강정, 창평

지등 켜고 사미인곡 꽃등 아래 속미인곡
죽록정 초가 앉아 무등 향해 읊은 충절
송강천 물살에 감아 서러움도 보냈다

송강정서 헤는 별 지난날엔 못 봤을까?
외로워야 보인다면 비움도 기쁨인데
젖 떼듯 꽃 진 자리에 열매 홀로 꿈꾼다

슬픔이 뵌다는 것 아픔도 했다는 것
등 굽어도 노송을 산빛으로 가꿔가는
소나무 푸른 노래가 능선마다 절창이다.

바람이 전한 말

-용추산행

백일홍꽃 환한 길 햇살이 힘을 보탠
환장할 비경 앞에 초록 물든 나도 청산
산길이 그늘을 내니 나무는 풀무질한다

도공이 흙살 이겨 기와 빚은 가마터
화석처럼 눌러앉아 아득한 날 불러올 때
소쇄원 제월당 추녀 눈 감아도 삼삼하고

여울 속 피라미 떼 세월처럼 흐르더라
투명한 냇물 위에 붉은 꽃잎 떨군 날
바람은 피재골 이야기 목쉬도록 토하더라.

사색
-죽녹원에서

충혈된 눈빛으로 휘청이며 돌아온 그
아비처럼 달려가 온기 품어 안아줬다
죽녹원 대나무들이 사그락사그락

하현달 홀로 고운 삽화 같은 그런 밤
고운 님 소식 오길 이 길에서 기다릴 때
대숲을 흔드는 바람도 서걱서걱 울었다고

강물로 길을 낸 심지 굳은 뿌리 있어
하늘로만 직립하는 나무를 바라본다
장부는 세월을 믿고 푸르게 살았단다.

청산
―면앙정에서

물 긷는 소리 있어 능선마다 푸르고
흰옷 입고 마주 보며 평등을 꿈꾸는
유배지 밝히는 달빛 봄날처럼 환하다

다 삭아 바꾼 기와 옛 모습 아니라고
님 그림자 지워졌다 어떻게 말을 할까
가을볕 배롱나무 아래 꽃이 지고 있는데

지금도 먼먼 곳 분탕질 소식에
마음 아파하실 이 여기 살아 계시니
애달픔 견딜 가슴에 청산을 들였다.

선비의 길
－소쇄원 제월당

강풍에도 휘지 않고 눈밭에도 푸르렀다
시위 떠난 화살같이 곁눈질하지 않고
외로움 울컥 솟아도 선비는 의연했다

세상 밖 나무들이 꽃망울 터뜨린 날
하늘로만 솟은 절개 푸르름 덧입고서
심지에 새긴 말씀들 묵객들과 나눴다

물소리 들으며 꽃과 나무 가꾼다고
천 리 밖 일들을 빗금만 쳤을까?
제월당 글 읽는 눈빛 댓잎처럼 형형하다.

부안의 코 무덤

− 회맹단 기적비

어머니 젖 냄새 기억하는 코들이

밥 짓는 냄새 맡고 집 향했던 그들이

분한 맘 비석에 새겨
그날을 외친다.

오지랖

어미가 먹이 구하러 간 사이
새끼 홀로 가엾다 데려온 보호소

제 어미
애끓는 만큼
잃어가는 야생성.

안산 인력시장

새벽 추위 녹여내는 모닥불 앞 인부들

나비보다 가벼운 생 기어코 묻겠다는 듯

희망을 던지고 있다

잉걸불

과녁 삼아.

온 듯, 벚꽃 지네요
– 기상이변으로 짧은 봄을 보내며

지 지 않다 가는 벚꽃
너무 이른 이별 앞에

꽃눈이라 말할까요
꽃비라고 해둘까요

노루귀, 바위 곁 돌단풍
거기 있고
나, 여기 있는데.

견고한 빗장

"육월 아니고 유월이요"
"그래요 육월"

"아니 유월이요"
"육월이나 유월 아무거나"

오늘도
빗장 채운 사람 그 만남이 허망하다.

진달래꽃
− 정착촌 녹촌분교에서

진달래꽃만 아니라
마음까지 담아서

나열한 꽃병에
서러움도 담았지

미감아! 너도 꽃이야
숨죽여 울던 봄.

카네이션 요양원

햇살도 거부하는 입출구가 꼭 하나
봄꽃이 환해도
좀체 열리지 않는다

문 열면 무턱대고 나서는
늙은 아이 사는 집.

청령포 기행

강물로도 해결 못 한 통한의 아픔들을
온몸으로 감싸 안은 육지의 섬 청령포
그날을 증언하려는 고목들이 푸르다

겹설움 크기만큼 흠뻑 내린 폭우에
물속에 수장된 청령포를 뒤로한 채
눈물로 건너시는 님 관음송이 봤다 했다

예나 지금이나 권력이란 고얀 것
숨통을 끊는 일 흥정 없이 내줬냐며
들끓는 역린을 삼킨 충신이 보고 싶다.

어부의 요새
-헝가리 페스트에서

다뉴브강 젖줄 삼은 페스트의 어부들
왕궁을 지켜내자 마음 다해 빚은 요새
그 온기 닿은 곳마다
영웅들의 숨결 보네

뜨거운 외침과 깊은 한숨 기억하자
강물은 수없이 물결로 수화하네
페스트 그 어디에도
죽은 것은 없었네.

고창 고인돌

돌덩이 무게만큼 신앙을 키운 그 사람

땅의 것 위하여 하늘의 은총 바라
선사의 별까지 불러
경외하던 돌 제단

머뭇거리는 발소리까지
흐릿한 달빛까지

예사롭게 지나가지 마시라 빌고 빈 소원

이제야 그 뜻 헤아렸나
돌꽃이 한창이다.

아버지의 길

한 생애 말씀과 동행하려
푯대만 바라보신 아버지
태풍 불어도 절명시 쓰듯
쉼 없이 감사만 심으셨네

고난을 맨몸으로 버틸 때
등짐 탓 하지 말고 견뎌라
품고 벼린 생각 가다듬어
의로움을 크게 외치셨네

세상에 실망하던 그날도
열매는 가뭄 탓 않았다고
나무 그림자를 흔드시는
그 모습 빛이네 말씀이네

이슬을 피하는 나비처럼
세상 때 젖지 않은 아버지.

* 2019년 영국 세계시인대회에 참가하여 지은 시.

5부

서로의 마음 헤아리기

다시 고향 집에서

갈증으로 부쩍 여윈 화산마을 배롱나무

파인 상처 그냥 두고 고목에도 꽃 피었다

할머니 발걸음 소리에 여름을 싣고 왔다.

꽃물, 들다
– 관방제림

둑방의 풀잎들 서로 엉켜 흐느낄 때
관방천 되작이던 바람들 달려와
더러는 외로움도 좋다 가볍게 빗질한다

죽녹원서 마실 온 싱그러운 하늬바람
반갑다 손짓하는 산그늘 나뭇잎과
들꽃들 나직한 미소에 꽃물 든 이 나뿐일까?

영산강 줄기에도 목마름 없었겠나?
수백 년 혹한 이긴 관방제림 바라보며
뼈 시린 수많은 날들 담양천에 던졌다.

간격
― 메타세쿼이아 길에서

오한에 언 밑동 봄빛 당겨 부풀 때
도열한 나무마다 바람의 온도를 쟀다
얼마나 움켜쥐어야 강풍에 견딜지

더불어 걸어야 오랫동안 기억된다고
되돌아오는 길도 동행한 풀꽃 무리
한사코 던지는 웃음에 먼지잼도 반가웠다

다정한 친구도 간격이 필요하듯
고슴도치 사는 법을 살점 떼듯 따라 하니
사랑을 배운 사람이 화폭처럼 걸어간다.

질경이

허리가 꺾여보니 아픔도 층이 있어
뿌리는 이파리마다 생존술을 일러줬지
밟히면 끝장이라며 대궁 없앤 이력을

작정하고 짓밟아도 만세 외친 선열처럼
찢긴 살점 동여매고
보란 듯 기립하여
등 굽은 길손들에게
불린 이름 불로초.

밥, 가감승제

몇 마지기 농사여도 땀 섞어 키우셨네

풍성한 사랑 녹여
알알이 익힌 생명

감사히 달게 삼켰지, 그 여름 뼛심까지.

다산, 하피첩

− 홍씨 부인
보고픔 사무쳐 뼛속까지 텅 비었소
어딘들 못 갈까만 노을 강에 어리신 님
복사꽃 봄빛이 묻은 다홍치마 보냅니다.

− 정약용
신앙으로 다져진 아비의 부정 녹여
부지런해라 검소해라 먹물로 쓴 진한 혈서
노을빛 치마폭에 담겨 천 리 길 달려왔네.

말의 두 얼굴

뼈 묻은 말들은 아픈 곳에 박혀서
허전함 채워주려
고개만 끄떡여도
너와 나, 천국에 있다
말 없어도 서로 알지.

회심곡 그녀

울면서 한생을 뼈저리게 살다 보니
가슴속 통증쯤 스스로 치유하는
며느리 그녀의 이름은 노동의 대리인

누구는 가족을 사랑이라 말하지만
두런대는 소리까지 가시처럼 아려와
가만히 손만 잡아도 왈칵 눈물 쏟는 그녀

누구나 제 분량의 서러움 있다는 걸
상처로 터지기 전 몰랐던 어리석음이
무한한 득음의 소리에 용해되고 있었다.

철쭉의 봄

해맑게 웃으라던 보슬비 다녀간 뒤
앞다퉈 꽃잎 펼친 철쭉의 환한 도열
지금 막 꽃 핀 자리마다 온기 따스하다

남루한 가지마다 등불처럼 매달려
우울한 시대의 상처를 위로하는
꽃잎의 설운 눈매가 햇살을 오므린다

꽃송이 송이마다 각혈 같은 사연 있어
발끝에 내려놓고 물관 열고 다시 올려
지천에 꽃향기 싣고 온 널 보고 날 잊었다.

위대한 믿음
– 테를지 국립공원에서

골마다 능선마다
가쁜 숨 뱉는 야생초
구름의 모습이
태양 따라 바뀌어도
대지는 아린 말조차
마음에서 잘라냈다

온전히 푸른 살점
잘리고 으깨져야
방목의 자유를 얻을 거란 믿음 있어
허기진 발자국 소리에
결기 곧추세운다.

꽃, 너에게
– 며느리를 맞으며

사철을
생애를 걸고 물관을 열었겠다

햇살 바른 가지 위에
봉긋 솟은 봉오리가
꽃대궁 밀어 올리며
톡톡 피는 웃음꽃

맑은 햇살 감겨주고
실비 단비 적셔주마

맵고 짠 소리 듣고
시린 발로 힘들 때
살포시 이파리 벌리고
꽃술도 올려주마.

도시의 황금 잉어

회초리 든 바람들이 쏘다니는 거리 모퉁이
시린 삶 덥히겠다는 숨찬 손놀림이
냄새로 허기진 사람 손목 잡는 포장마차

역류하는 물살에 몸을 맡긴 붕어들이
어리둥절 헤매다 포충망에 잡혀 와
쇠틀에 몸이 갇힌 채 고단한 시간 세고 있다

세파에 밀려와 낯선 땅에 내가 있듯
눈을 뜬 황금 잉어 바삭하게 구워져
언 손을 녹여주고 남은 체온을 내게 준다

이내 비늘 벗은 황금 잉어 한 마리
순교의 기쁨 아는 뜨거운 마음에
감사의 울렁거림을 거세게 몰아준다

세월에 속고 살다 온기마저 뺏겼는데

얕은꾀로 속인 잉어 밀가루면 어떠랴
노릇한 황금 잉어들 봉지 가득 담아 왔다.

대면
― 전곡리, 선사 유적지

한탄강 젖줄 삼은 전곡리 너른 들판
구석기 시간들이 땅을 뚫고 나왔다
멧돼지 과녁을 삼은 근육질의 원시인

샘물처럼 맑은 강물 흙살 속에 녹여놓고
오물조물 주무르다 두드리고 문양 넣자
움막집 잉걸불에서 토기가 몸을 낮춘다

전시관엔 꽃물 밴 투박한 주먹도끼
누구의 손톱 물들이다 마음이 울렁였을까?
보는 이 가슴에 닿은 그 사람이 보고 싶다.

가창오리 군무
─금강길 신성리 갈대밭에서

떼 지은 가창오리 모두가 한 몸처럼
순례의 고단 잊고 눈부시게 비상한다
다 함께 바람 헤치면 두려움 버려지나

죽지 여린 새들을 앞세우고 날아오르다
모이 줍는 새끼까지 재촉하여 창공 오른
성스런 저 공동체가 가슴에 불 지른다

천성인가? 함께하자 아우르는 저 몸짓
휘모리장단 추임새가 그대로 경외롭다
따라서 춤을 추면은 천국은 내 것이네.

겨울, 강구항 난전
– 대게

포획된 대게들이 고단한 다리로
생채기 아물리지 못한 채 호객하는
저처럼 내 사용 설명서 읊조리며 살았지

고기들의 헤진 살과 바닷속 미생물들을
풍랑이 이는 날도 쉼 없이 찾아다니며
허기를 채웠을 네가 그물은 왜 물었을까?

바다에는 아직도 대게의 더운 눈물이
풍랑을 헤치며 목청을 높이는데
난전엔 살 오른 대게 흥정 소리 숨차다.

자작나무 숲 근처
− 인제군 수산리

우듬지 매달린 단풍 등불인 양 환한데
거센 바람에도 뿌리 깊은 나무는 고요하다
고향이 그리운 만큼 햇덩이를 삼키며

낙엽들 굴렁쇠 놀이에 어지러워도
새들이 흘리고 간 무심한 말들을
가슴에 가두어놓고 씨방을 부풀린 숲

꿈을 가지면 절망의 끝에서도 의연하듯
또다시 불어오는 바람의 무리 속에서
즈믄해 촉의 온도를 헤아리고 있을 뿐이다.

구절초의 가을

– 영등사

그 오월 다섯 마디 여린 가지 다독이다
오지 바람 불 때마다 햇살마다 삼키고
꽃대의 근심조차 지우려 잎새 먼저 흔들더니

우레 비 쏟아지면 분별 넘는 흔들림으로
꺾이지 않을 만큼 맨몸으로 버티다
꽃대가 아홉 마디 자랄 즈음 제 상처를 버렸다

웃고 있다고 눈물을 잊은 것 아니듯
꽃잎마다 맺은 이슬 광풍에 빼앗겨도
구절초 고요한 미소가 산의 말씀 껴안는다.

들길에서

수척해진 도랑물 위로 마른 풀 서걱대는
그 가슴에 포갠 멍울 한 자락 만져보면
저 들녘 고개 숙인 알곡 두근대는 맘 알겠네

누가 있어 또다시 씨앗을 뿌려줄지
애써 맺은 실한 이삭 반기는 이 누구일지
핏발 선 눈망울들만 삽질하다 돌아서고

거대한 황사가 도시를 점령하면
눈빛 맑은 마음들이 다시 들길 찾아와
헛헛한 알곡의 말씀 헤아리면 어떨까.

모성의 '주산지'

주왕산 골짜기 내력을 읽은 물과
그 산의 상처와 참았던 통증까지
그 숱한 이야기들을 함구하는 주산지

왕버들 가지들이 산빛을 닮을수록
잎새마다 물안개 퍼 올리는 네 가슴은
가야의 알곡을 익힌 달큰한 물줄기

물속에 산을 앉히고 어르는 어미처럼
귀소하는 철새의 날개가 저릴 때면
물살이 울먹이는가? 은물결 눈부시다.

기러기아빠
– 기러기아빠의 죽음을 보고

제 자식 앞길 틔우려 먼 땅 보내놓고
외로움 밀쳐내고 그리움 찢어내며
제 살점 죄 발라주고
목숨까지 내준 아비

보다 넓게 배우고 자랑스레 돌아오라
명치에서 올라오는 울음까지 다 삼키고
신음도 허락 않던 아비
어찌 생生을 놓았을까

눈 감아도 보일 듯한 성장한 자식들이
눈부신 날개 저어 둥지 찾아 돌아올
그날만 손꼽아 기다리다
하늘로 간 아비.

삶과 역사와 터득의 시조 미학

김봉군 문학평론가·시조시인·가톨릭대학교 명예교수

1. 여는 말

시는 시간예술이다. 까닭에 시는 시간의 흐름에 따라 가락으로 굽이치고 곡절을 이루며 길을 튼다. 현대시는 가락보다 그림 그리기에 심히 기울고, 독자를 외면하며 난조를 보인다. 근대시조는 이 난조를 수습해 우리다운 가락과 정연한 정신 질서를 회복하려는 미학적 회귀욕과 창조적 전통 의식으로 되살아났다.

현대시조는 가락을 회복하면서 현대 미학이 요구하는 '보여주기 시학'과 융합해 절창의 경지를 가늠한다. 우리 고전문학의 32개 양식 가운데 원형 그대로 살아남은 장르는 시조뿐이다. 시조를 대면하는 현대문학 담당층의 자세는 자못 숙연해질 수밖에 없다. 이런 연유에 비추어 이옥분 시조집『마음으로 쓴 편지』를 읽는다. 시어의 선택과 조탁彫琢, 가락의 질서와 서정, 의

미의 해조諧調, 감각과 의미의 표상화 기법, 사유思惟의 차원 등
에 걸친 시조 미학적 가치를 가늠하게 될 것이다.

2. 이옥분 시조의 시조 미학적 의의

이옥분 시조의 시조 미학적 가치를 자연, 인간사, 역사, 진리
의 네 영역으로 분류하여 살피기로 한다. 생의 본질 쪽에서 현
대인의 삶이 비참하다면 그 까닭은 인간과 자연의 분리, 인간끼
리의 분리, 인간과 절대 진리의 분리에 있다. 현대인의 실존은
분리detachment의 비참 속에 있다는 뜻이다. 이옥분 시조의 자아
는 어느 좌표에서 무엇을, 어떻게 말하고 있는가?

(1) 자연
우리 고전시가의 소재 중에 으뜸인 것은 식물성 자연이었다.
강과 산과 하늘, 푸나무와 꽃과 구름이었다. 소나무에 매란국죽
사군자가 시가의 관습적 소재로 취택되었다. 이들 자연 소재는
복사꽃까지 동원된 자연 낙원Greentopia의 표상이나 윤리적 알
레고리로 쓰였다.
이옥분의 시조에도 식물적 자연 상관물이 다수 취택되었다.

댓잎에 맺힌 이슬
차나무의 생명수

잎샘추위 속에서
어린잎을 틔웠네

반그늘 툇마루 앉아
매듭 풀며 마신 차.

「죽로차」다. 서너 차례 낭독해보라. 가락이 순탄하다. 대나무
옆에 동글동글 맺힌 이슬, 그 죽로竹露가 생명수로 뜻매김되었
다. 미학적 의미 확대다. 차를 우려낸 어린잎에 부대껴 이긴 생
태적 신고辛苦의 비밀을 살짝 귀띔하는 시적 화자의 모습이 엿
보인다. 종장에 적이 비밀스럽던 그 표상이 툇마루에 오롯, 느
긋하다. 잎샘추위, 어린잎, 반그늘 등 감칠맛을 환기하는 고유
어가 마음을 끈다. 그늘 속의 어렴풋한 그늘인 반그늘에 특히
마음길이 열린다. 이옥분 시인의 고유어에 대한 관심이 범상찮
아 보인다. 전통적인 선비의 멋을 떠올리게 하는 시조다.

철새가 떠난 하늘
찬 바람도 울고 간다

노을도 내 맘처럼
눈시울이 찡한데

찻잔엔
한생을 우려낸
이야기가
더 뜨겁다.

「설록차」다. 자연 상관물 철새, 하늘, 바람, 노을을 동원해 서
정 미학의 절조絶調를 가늠한다. 눈시울 찡한 시적 화자의 잔잔
한 모습이 떠오른 자리에 죽로차 한 잔 놓여 있다. 그 속에 한생
을 우려낸 이야기가 서렸다. 가락과 서정과 심상이 사유思惟와
어우러진 수작秀作이다. "뜨겁다"의 끝맺음 기법이 돋보인다.

진달래꽃만 아니라
마음까지 담아서

나열한 꽃병에
서러움도 담았지

미감아! 너도 꽃이야
숨죽여 울던 봄.

「진달래꽃−정착촌 녹촌분교에서」다. 진달래꽃이 자연 자체
의 서정적 상관물이 아닌 인간사의 표상으로 떠올라 있다. 한센
병 환자의 자녀인 미감아의 슬픔이 감정이입된 작품이다. 진달

래꽃이 여기선 피 울음의 표상으로 꽂혀 있다. 소외된 주변인에 대한 관심이 돋보인다.

　　강물로 길을 낸 심지 굳은 뿌리 있어
　　하늘로만 직립하는 나무를 바라본다
　　장부는 세월을 믿고 푸르게 살았단다.

「사색-죽녹원에서」셋째 수다. 대나무 숲 죽녹원에서 시적 화자는 곧은 성장과 늘 푸른 빛에 착목했다. 조정에서 내침당하거나 관계에 진출하지 못한 사대부, 선비의 심경이 표출되었다. 국화와 소나무, 대나무의 오상고절傲霜孤節의 표상이다. 대나무가 지조와 기다림의 알레고리로 쓰였다. 고산 윤선도의 '곧기는 뉘 시기며 속은 어이 비었는가'의 그 관습적 소재 전통을 계승했다. 성삼문의 만고상청과 조선 여인의 '송죽같이 굳은 절개' 말이다.

　　슬픔이 뵌다는 것 아픔도 했다는 것
　　등 굽어도 노송을 산빛으로 가꿔가는
　　소나무 푸른 노래가 능선마다 절창이다.

「노송老松의 노래-송강정, 창평」셋째 수다. 우리 시가문학의 백미인 「사미인곡」과 「속미인곡」을 쓴 송강 정철이 창평에 낙향해 실의에 잠겨 있던 옛 모습을 재현했다. 종장 마지막 두 음보 "능선마다 절창이다"가 시정詩情을 살렸다.

저무는 강가에
하얀 갈대의 손

물소리 곡조 따라
춤사위 애잔해도

이별이
서럽지 않다
시린 등 뒤척인다

한평생
낮은 곳을 맨발로 내딛어도
등뼈 가득 물결 위로
울먹이며 詩를 쓰는

강물은
나의 눈물도
품고서 흘러간다.

「가을 강가에서」다. 가락, 정서, 의미, 심상이 안정감 있게 표출되었다. 이옥분 시인의 서정적 화자, 어조tone가 낮다. 감정 노출을 절제하는 시조 미학의 본연성에 귀착해 있다. 표상은 애잔해도 서럽지는 않고, 울먹이며 시를 써도 애면글면 애통을 분출하지 않는다. 강물이기 때문이다. 강물의 포용성과 유장성悠長性은 이별의 슬픔까지도 내면화하며 영원의 물길을 튼다. 이옥분 시인은 시어법poetic diction을 아는 시인이다.

> 바다에는 아직도 대게의 더운 눈물이
> 풍랑을 헤치며 목청을 높이는데
> 난전엔 살 오른 대게 흥정 소리 숨차다.

「겨울, 강구항 난전―대게」샛째 수다. 경북 영덕 강구항 난전의 대게(다리 모양이 마디진 대나무를 닮은 게)를 보고 쓴 시조다. 이옥분 시인의 시선이 이제 바다로 향했다. "더운 눈물"은 차가운 바다에서 어부에게 잡혀 온 대게의 목청을 놓는 절통한 눈물을 강조한 표현이다. 이에 무심한 상인들의 흥정 소리는 "숨차다" 했다.

이옥분 시인의 서정적 자아는 일상화된 우리의 삶에서 놓쳐서는 안 될 아픈 진실을 예각적으로 포착해내었다. 생명의 전일성全一性 문제다. 만유일체의 생명적 존엄성을 떠올릴 때, 인간의 포식捕食은 원론적으로 정당화될 수 없다. 다만 생태계의 질서 때문에 먹이사슬이 형성되어 있을 뿐이다. 그렇다 해도 동물 살육을 당연시하여 지구상의 생명체를 남획하는 것은 인간의 횡포다. 가령, 문어는 어류 가운데 가장 지능이 높아 삶과 죽음의 상황을 강도 높게 지각한다고 한다. 인간과 가족같이 친근한 개는 어떤가? 심지어 식물까지도 클래식 협화음을 들려주면 성장 속도가 빨라진다는 실험적 연구도 있다. 이옥분 시인은 이 작품으로 '생명의 전일성'을 깨우친다.

깊고 거친 바다보다
가난이 저승 같아

통증 낱낱 지우겠다
뛰어든 난바다

쇠잔한 숨비소리는
잠녀의 한숨 소리.

「가파도, 숨비소리」다. 국토 남서단 가파도 멀고 깊은 바다에서 물질하는 잠녀潛女의 생애에 대한 연민을 표출했다. 여리고 가엾은 것을 그냥 지나치지 못하는 이옥분 시인의 '사랑'이 스민 시조다. 자연으로서의 섬은 사람의 생애와 관련될 때 아픔과 그리움의 표상으로 아드막하게 떠오른다.

울분을 발효시킨 물병 폭탄 던진 날

적장의 가슴에 만개한 매화꽃

춘설이 난분분해도
봄이 온다 알렸지.

「매화 생각-윤봉길 의사를 기리며」다. 이 시조의 매화는 충성심이나 정의감의 표상을 은유 내지 상징한다. 매란국죽의 현대적 변이형이다. 어조가 사뭇 격렬하다.

꿀벌이 사라지면
계시록이 필요한가?

드넓은 땅
지상 모서리
흐드러지게 핀 꽃마다

촘촘히 누가 찾아가
인류를 구원할까?

「꿀벌」이다. 생태시조다. 꿀벌이 절멸하면 꽃들도 절멸이고, 열매도 대다수 소멸한다. 요한계시록적 상황이다. 생태계의 위기를 꿀벌 하나로 절감케 한다.

죽로와 설록차, 대나무, 소나무, 매화, 진달래꽃, 강, 섬, 바다. 이옥분 시조에 동원된 자연 만상의 목록이다. 그의 작품에는 순수 자연 서정과 삶의 우여곡절이 예각적으로 표출되었고, 끝맺음 기법이 감동적이다. 어조가 낮고 다습다. 이옥분 시인의 다사롭고 선한 천품과 닮았다. 자연과의 만남, 생태 미학적 어조가 심금을 울린다. 다만, 식물적 자연 편향성이 아쉽다. 날짐승, 길짐승 등 동물적 자연의 역동적 자리에까지 관심을 확대했으면 한다.

(2) 인간사

삶은 바라보면 낭만이고, 체험하면 아픔이다. 삶을 무념무상으로 바라보는 관조는 아픈 체험의 곡절을 넘어선 평정심의 경지에 있다. 이옥분 시인의 삶, 인생 체험은 어느 좌표에 있는가?

갈증으로 부쩍 여윈 화산마을 배롱나무

파인 상처 그냥 두고 고목에도 꽃 피었다

할머니 발걸음 소리에 여름을 신고 왔다.
–「다시 고향 집에서」 전문

햇살과 명지바람 번갈아 드나들던
어머니 장독 안에 메주꽃 피었다

떠돌던 세상일들을 외면하던 그런 날

반질한 부뚜막에 솎아 오신 채소 두고
시간이 쟁여진 독 가만 보신 어머니
언어를 고르시듯 떠 허기 달랜 어느 아침

가족들 모이면 이야기꽃 피우라고
간직할 것 망각한 채 할 말도 잊고 사시다
세상 문 걸어 잠그고 홀로 하늘 드셨다.
　　　　　　　　　―「어머니의 시간」 전문

고난을 맨몸으로 버틸 때
등짐 탓 하지 말고 견뎌라
품고 벼린 생각 가다듬어
의로움을 크게 외치셨네

(…중략…)

이슬을 피하는 나비처럼
세상 때 젖지 않은 아버지.
　　　　　　　　　―「아버지의 길」 부분

농경시대를 살아온 세대에게 고향과 가족에 대한 애착은 각

별하다. 명절이면 3천만 명 민족 대이동이 일어나는 것이 그 증거다. 붉은 꽃잎 흐드러진 배롱나무가 고향의 표상인 양 서 있다. 상처 입은 고목은 의연하다. 그런 정적을 깨는 것은 할머니 발걸음이다. 그 발걸음은 살아 있음을 일깨우는 그리운 기적이다. 시인의 할머니에 대한 그리움이 이 작품에서 새삼 깨어난다. 고향은 이같이 할머니의 영상이 살아 있는 곳이다. 그걸 배롱나무 한 그루가 지키고 있다. 고향 시는 할머니를 지배소 dominant로 한 가족의 표상을 불러온다.

이옥분 시인의 시적 자아는 "장독 안"의 "메주꽃", "반질한 부뚜막", "시간이 쟁여진 독"에서 어머니의 영상을 되새긴다. 어머니는 묵언수행하듯 가만가만 말없이 힘든 노동의 시간을 견디셨다. 가족의 이야기꽃 속에서도 침묵의 꽃으로만 잠잠히 계시던 어머니 표상을 독자들의 마음눈에 아스라이 떠오르게 하는 작품이다. 통한의 감정 분출의 위기를 넘겨 어조를 눅이고 가다듬은 시조 미학적 절제미가 감동을 준다.

「아버지의 길」은 초·중장은 파격인데, 후렴격인 종장에서는 시조 정격형을 회복한다. 음절 수가 대폭 늘어난 변이형이다. 인고忍苦와 감사로 점철된 의로움, 하늘과 사람 원망 않으시던 불원천불우인不怨天不尤人의 교훈은 빛이요 '말씀'이었음을 시적 자아는 고백한다. '아버지의 길'을 해석한 것이다.

비 온 후 저 하늘
무지개로 떠 있다가

호젓한 산길에
들꽃으로 앉은 모습

천 번도 더 부른 이름
나의 고운 언니야.

「우리 언니」다. 영롱한 무지개와 호젓, 오롯한 들꽃 표상으로 떠오른 언니 모습이다. 성장한 도회 여인이 아닌, 우리 먼 본향에서 만날 수 있었던 순수 천연의 여인상이다. 이옥분의 시적 자아는 가족애에만 머무르지 않는다. 개인의식을 넘어선 공동체의식이 남다르다.

엄마 친구 골무꽃
서러운 보랏빛

허기를 참으시며
울음도 용해시켜

골무 속
생인손 넣어
나를 꽃피우셨네.

「골무꽃」이다. 종기 난 손가락에 골무를 끼고 바느질하던 엄마 친구의 서러운 모습을 눈앞에 보이듯이 그려내었다. 울음을 용해시키는 옛 아낙의 모습은 이제 '멸망해가는 것들'의 애젖한 목록으로 아로새겨져 있다.

가슴 졸이며 출근하는 몇 해째 계약직

한기 스민 지하 방도 묵묵히 견딘 나날

정규직 그 한마디가
환청처럼 들렸겠다.
─「환청」전문

지참금에 팔려 왔지, 네 번째 부인으로

무릎까지 곪은 상처 쿡, 쿡, 쿡 쑤셔대도

가난은 꿈도 키우나니
울어라 세상 향해.
─「열네 살 소녀」전문

바다 염도 열 배 넘는 붉은 호수 속에서

가족 위해 매일매일 염장하는 아버지

하루도 쉼표가 없네
열세 식구 등에 진 채.
―「소금 광부―세네갈 레트바 소금호수」 전문

각각 계약직 근로자의 비애, 가난 때문에 팔려 가는 어린 소
녀의 참상, 소금호수 안에 들어가 고된 노동으로 가족을 부양하
는 세네갈 노동자의 극한 상황이 아프게 표출되어 있다. 「환청」
은 21세기 근로자의 불안정한 취업 현실을, 나머지 두 작품은
먼 나라 빈곤층의 비참한 실태를 직설적으로 토로했다.

인공지능, 알고리즘이 지배할 21세기 인류는 이제 한 가지 정
규직으로 살 수 없게 되었다. 한 사람이 평생 6~7개의 직업을
바꾸어가며 비정규직으로 살게 될 것이라 한다. 고급 기술 지식
을 습득한 소수가 재화를 독점하다시피 해 양극화가 극심해질
것이다. 시인은 경악할 이 문명사 속에서 무엇을 노래할 것인
가. 이옥분 시인의 이들 작품은 그 실마리가 될 것이다. 초불확
실성의 새 시대를 예감한 한국 젊은 군상들을 보라.

누룩빛 얼굴에도 컵밥이 주식이다

깨어 있는 문장들을 경전처럼 새긴 너

젊어서 꿈꾸는 거다

몇 년째 비상 대기 중.

「노량진, 공시생」이다. 서울 노량진에 모여 공무원 시험을 준비하는 청년들의 실상을 말했다. 세계적인 투자의 귀재 조지 소로스는 우리나라 청년 수십만 명이 공무원 시험에 매달려 있는 현실을 개탄한 바 있다. 앞으로 수년 안에 수백만 개 일자리가 없어진다고 한다. 그 절박성의 표본이 노량진 공무원 시험 준비생들이다. 이옥분 시인은 이 시대 사회문제를 예각적으로 짚어내었다.

제 자식 앞길 틔우려 먼 땅 보내놓고
외로움 밀쳐내고 그리움 찢어내며
제 살점 죄 발라주고
목숨까지 내준 아비
―「기러기아빠―기러기아빠의 죽음을 보고」부분

살점 같은 자식을 고향에 두고 온 그녀
몇 해만 돈 벌어 귀향을 한다더니
웬일로 농촌 총각 청혼에 살림이 깨 맞이다

온종일 비닐하우스에서 꽃을 돌봐도

한 달에 약간의 돈만 제 자식에게 보내주면
힘들다 내색도 없이 일 잘하는 눈 맑은 그녀
　　　　　　　　　　　　－「연변 아줌마」부분

신호등도 관심 없는
거리의 이방인
애당초 소통의 창은
디지털 세상뿐
경적도 들리지 않는
스몸비가 걸어간다.
　　　　　　　　　　　　－「스몸비」전문

효자보다 든든하다 윤기 냈던 집 두고
재개발로 쫓겨난 날

우레같이 천둥같이

입주권
한 장 종이가
부고장이라 외치는 노인.
　　　　　　　　　　　　－「수상한 부고장」전문

아내와 자식을 외국에 보내고 혼자 사는 아버지, 중국에 자식을 두고 와서 혼인해 사는 연변 아주머니, 로봇인 양 스마트폰만 보고 걸어가는 IT시대 인류, 재개발 통에 쫓겨난 노인의 정황들을 예각적으로 제시했다. 이 시대의 그늘이다. 이 작품들에 따르면 문학은 등불이 아닌 거울이다. 현실 세계의 반영이다. 이런 작품의 함정은 미학적 위기에서 자유롭지 못하다는 것이다. '말하기 방식'이다. 직설적이다. 가락이 군데군데 꼬이는 것도 이 때문이리라.

맹골수도 물소리는 온통 곡진하다

백목련, 자귀꽃 모두 쥐도 우는 바다

물결 위 햇살 알갱이 보며
봄 꿩처럼 울었다.

「긴, 이별—세월호 미수습자 장례식」이다. 세월호 해난 사고는 온 국민이 비탄에 잠겨 땅을 쳤던 세기적 비극이다. 수학여행 가던 학생들을 비롯한 제주도행 승객 304인이 생목숨을 잃었다. 이 세기적 비극을 외면할 이옥분 시인이 아니다. 더욱이 시신조차 수습하지 못한 이들의 장례식을 아파하는 그의 시적 자아는 "봄 꿩처럼" 운다.

세월호世越號, 온 국민이 크게 한 번만 울고 크게 한 번 질타하고 이제는 그 가엾은 영혼들을 보내어야 한다. 몇 년을 두고 애면글면하는 소모적 제의 행위祭儀行爲는 개인과 나라의 행진을 가로막는 폐풍이다. 조선왕조는 1년 365일을 장례와 제사로 일관하다가 멸망하지 않았던가. 백목련, 자귀꽃 다발을 안고 갈 서러운 영령들을 이제는 영영 보내어야 한다. 그것이 성숙한 시민, 진리를 아는 신앙인의 모습이다. 이옥분 시인은 이런 기도를 담은 시조 한 수를 첨가하면 좋겠다.

농경 시절을 살아온 이옥분 시인은 고향과 가족, 이웃을 잊지 못한다. 사랑의 뿌리다. 크리스천인 그의 시적 자아는 세상의 그늘진 곳의 억울하고 서러운 이들에 대한 공동체적 사랑에로 관심을 확대한다. 그러기에 당연히 변혁의 새 시대 사회의 모순을 놓치지 않는다.

(3) 역사

이옥분 시인의 역사적 자아는 국내외 선사 유적을 비롯해 중세와 근현대사의 흔적을 광범위하게 탐사한다.

샘물처럼 맑은 강물 흙살 속에 녹여놓고
오물조물 주무르다 두드리고 문양 넣자
움막집 잉걸불에서 토기가 몸을 낮춘다
　－「대면－전곡리, 선사 유적지」 부분

돌덩이 무게만큼 신앙을 키운 그 사람

땅의 것 위하여 하늘의 은총 바라
선사의 별까지 불러
경외하던 돌 제단
　−「고창 고인돌」 부분

예나 지금이나 권력이란 고얀 것
숨통을 끊는 일 흥정 없이 내줬냐며
들끓는 역린을 삼킨 충신이 보고 싶다.
　−「청령포 기행」 부분

지등 켜고 사미인곡 꽃등 아래 속미인곡
죽록정 초가 앉아 무등 향해 읊은 충절
송강천 물살에 감아 서러움도 보냈다
　−「노송老松의 노래−송강정, 창평」 부분

어머니 젖 냄새 기억하는 코들이

밥 짓는 냄새 맡고 집 향했던 그들이

분한 맘 비석에 새겨
그날을 외친다.
　−「부안의 코 무덤−회맹단 기적비」 전문

경기도 전곡리 한탄강 유역 선사 유적지의 움막집 속의 토기, 원시 신앙의 흔적인 고창 고인돌, 단종 애사哀史가 서린 청령포 유적, 전남 창평 송강 정철의 옛일, 임진왜란 때 왜적에게 베임당했던 코 무덤(전북 부안)을 재현했다. 인간사를 노래한 작품들보다 미학적 형상화의 수준이 높다. 구상화具象化 보여주기 showing 시학을 지향한다는 뜻이다.

총칼에 쓰러져 불에 탄 자리마다

햇살이 드나들었나?
들꽃이 피었네

실바람 기웃거릴 때마다
꽃향기도
싣고 오네.
─「제암리의 봄─화성시 제암리 3·1운동 유적지」 전문

어머니!
아프게 불렀을 소녀야

호랑가시 찔린 발로
여태껏 우는 게야

창녀란 애먼 소리에
내 심장도 저리단다.
–「호랑가시밭 소녀」 전문

일제강점기 통고痛苦의 역사 체험을 재현했다. 3·1운동 당시
마을 교회에 갇혀 불에 타 희생되었던 경기도 화성 제암리 사람
들의 비극, 일제에 끌려가서 군인 위안부로 유린당한 던 소녀들
의 통한을 노래했다. 그들을 생각하며 세운 기념비를 '기림비'
라 하는데 그것은 언어도단이다. 뛰어난 업적을 찬미할 때 기린
다는 말을 쓰는 법이다.

맨몸으로 들어갔네
살 떨리는 해저 막장

내뱉은 한숨에도
뿜어나는 석탄가루

조센징
채찍 묻은 말 넘쳤던 생지옥.

「군함도」다. 일제에 징용되어 해저 막장에서 극한의 고통을
견뎌야 했던 탄광 노동자들 통한의 역사다.

움푹 파인 두 눈에 태양이 담기면
가 닿을 곳 찾아가 텃밭 옮길 씨앗처럼
전쟁을 용서하지 말자는 울음이 너무 크다.
―「잊지 마세요-거제 포로수용소에서」 부분

반세기 훌쩍 지나도록 쟁여진 미움이

봄볕 닮은 세상사에 나 몰라라 무너졌네

그 자리 새순 돋을 때 꽃구름도 오겠다.
―「DMZ 무너진 경비 초소」 전문

나치의 폭격에도 초침은 멈추지 않고
흐르는 건 시간이다 진실을 외쳤듯
매시간 모래시계를 뒤집는 것 좀 봐
―「프라하 스케치-천문시계탑」 부분

일하면 자유로워진다는 팻말은 덫이었네
소녀까지 굶겨 죽인 아사의 방 벽마다
엄마를 애절히 부르는 낙서가 아리다
―「아! 아우슈비츠-폴란드 아우슈비츠 수용소에서」 부분

6·25전쟁의 북한 중공군 포로수용소, 국토 분단의 비극을 상

징하는 비무장지대, 체코 프라하와 폴란드 아우슈비츠 유대인 수용소에 남은 제2차 세계대전의 흔적에서 취재한 작품들이다. 이옥분 시인의 반전, 평화 사상이 읽힌다. 이옥분 시인의 역사적 자아가 조명한 선사시대부터 근현대사까지와 사적史蹟과 인물의 행적에서 읽히는 것, 아픔과 그리움 너머에서 터득되는 것은 무엇인가.

산들이 수척하니 강물도 말을 잃은

북녘은 가고픈 곳

아파도 좋은 사랑처럼

그리움 태운 자리에

간곡한 기도 소리.

「다시 DMZ에서」다. 이옥분의 역사적 자아가 도달한 곳은 '사람'이다. 통일의 열쇠다. 그의 간곡한 자아는 사랑 하나로 마침내 시적 서정을 회복한다.

(4) 진리 터득의 길

아이가 자라 어른이 되고 원숙해지면 지혜를 터득한다. 사람이 늙는다는 것은 지혜의 분량과 높이, 깊이, 넓이가 늘어난다는 뜻이다. 감수성의 주인인 시인은 철인과 함께 가장 원숙한 지혜의 사람이 되기도 한다. 그는 벼리고 벼려 수용한 감수성의 미학을 마침내 터득의 지혜로 승화시킬 때가 있다.

> 누구나 제 분량의 서러움 있다는 걸
> 상처로 터지기 전 몰랐던 어리석음이
> 무한한 득음의 소리에 용해되고 있었다.
> ―「회심곡 그녀」 부분

> 다정한 친구도 간격이 필요하듯
> 고슴도치 사는 법을 살점 떼듯 따라 하니
> 사랑을 배운 사람이 화폭처럼 걸어간다.
> ―「간격―메타세쿼이아 길에서」 부분

> 물소리 들으며 꽃과 나무 가꾼다고
> 천 리 밖 일들을 빗금만 쳤을까?
> 제월당 글 읽는 눈빛 댓잎처럼 형형하다.
> ―「선비의 길―소쇄원 제월당」 부분

> 신발은 맞게 신고,
> 배는 불룩 죄송해요

돌 쪼는 일 호락호락하지는 않잖아요?

보세요,
수려한 곡선미
예쁘면 용서돼요.
 ―「배흘림기둥의 고백」전문

　며느리의 한, 거대한 메타세쿼이아 나무의 간격, 온갖 파란과
고독에 굴하지 않고 학문에 정진하는 선비의 의연한 모습, 각고
의 솜씨로 이루어진 배흘림기둥의 미학적 비밀에서 취재한 작
품들이다. 모두 '마음 닦기', 수행修行의 결정結晶 표상이다. 또
「선비의 길―소쇄원 제월당」셋째 수 종장 "제월당 글 읽는 눈빛
댓잎처럼 형형하다"의 비유적 이미지도 탁발하다.

골마다 능선마다
가쁜 숨 뱉는 야생초
구름의 모습이
태양 따라 바뀌어도
대지는 아린 말조차
마음에서 잘라냈다
 ―「위대한 믿음―테를지 국립공원에서」부분

적시고 흐르기만 아닌

진정한 협상가

바위 훑고 흙도 엎어
종유석도 키우더니

순명의
세월을 견뎠나
초록 별로 빛나는걸.
−「물의 뼈」전문

기막힌 말 소문날까
바위 앞에 했던 게지

가슴에 새긴 그 말
억겁 세월 지난 그 말

끝까지
참고 참았나 봐!
꽃을 피웠네,
정말!
−「돌꽃」전문

모두 인고忍苦의 결정結晶을 노래했다. "아린 말", "순명의/ 세월", "억겁 세월" 들 속에 '아린 마음들'이 서려 있다. 이옥분 시인은 이제 '지혜의 시심詩心, 아프나 꿈을 영글린 자아'에게 모든 상념을 의탁한다. 터득된 지혜의 묵은 어조에 순명順命하기로 한 것이다.

3. 맺는말

이 평설은 시조를 대면하는 우리 현대문학 담당층의 자세가 숙연해질 수밖에 없는 연유를 밝히면서 시작되었다. 우리 고전문학 32가지 양식 가운데 원형 그대로 살아남은 유일한 장르인 시조의 고유성, 우리다운 가락과 정서와 시대정신을 창조적으로 계승해야 할 보람과 책임감이 시조시인과 독자 모두에게 짐지워져 있다는 뜻이다. 이 점에 비추어, 자연, 인간사, 역사, 진리 터득의 관점으로 본 이옥분 시조의 특성은 다음과 같다.

이옥분의 시조는 우리 전통 가락을 주로 시조 기본형에 싣되, 정서와 의미의 곡절과 표상의 차이에 따라 변이형을 취했다. 그 변이형도 외견상 시조 시형의 정체성을 해체하지 않았다는 점이 안도감을 준다.

현대인의 실존적 비참은 자연, 인간, 절대 진리와의 분리에서 빚어지는데, 이옥분의 시조는 '만남의 미학'으로 이를 극복하고 있다. 그의 시적 자아가 자연과의 만남을 지향하는 자세는 자못 전통 지향적이다. 강, 땅, 바다, 하늘과 날짐승, 푸나무며

꽃에는 우리다운 비애미와 함께 인고와 절제의 정신 질서가 녹아 있다.

한갓 미물의 희생에도 아파하는 이옥분의 생태학적 상상력은 소외된 주변인의 서러운 사정으로 확대된다. 그의 자연이 의로움의 알레고리와 결합할 때, 시적 자아는 인고의 성문을 나선다. 낮고 다습던 어조에 격한 파란이 인다.

다만, 이옥분의 시조에서 아쉬운 것은 식물적 자연 편향성이다. 자칫 퇴영적 정적주의에 빠질 수 있기 때문이다. 자연 서정의 창조적 변용이 요청된다.

이옥분 시조의 자아가 인간사와 대면하는 어조는 곡진하다. 농경시대를 같이했던 가족과 고향에 대한 어조는 애틋하다. 자매애는 물론 부모의 유훈을 되새기는 어조는 육친애肉親愛와 함께 경건미를 머금었다. 경애敬愛의 정 말이다. 자연 소재의 작품에서 엿보이던 소외된 이들의 표상은 인간사 문제에서 사회성과 역사성을 띠고 그 표상이 구체화된다. 비정규직, 공시생, 기러기아빠, 연변 아줌마를 비롯해 일본군 위안부, 팔린 소녀, 재개발에 쫓겨난 이, 세네갈의 소금호수 노동자와 함께 디지털시대의 스몸비까지 이옥분 시조의 서정적 자아는 놓치지 않는다.

인간과 사회의식 문제에서 심상치 않은 이옥분은 역사적 자아를 불러내기에 주저치 않는다. 선사시대 유적부터 고대, 중세, 국내외 근현대사의 사적물을 섭렵한다. 6·25전쟁과 남북분단과 임진왜란, 그리고 일제강점, 히틀러의 나치즘이 남긴 상흔들을 둘러본 그의 시적 자아의 영상이 특히 두드러지게 클로

즈업된다. 그 극한적 통고痛苦와 배리背理의 역사, 체험을 녹여야 하는 그의 시조 미학적 절제의 어조가 외려 더한 아픔을 불러온다.

극한은 지평地平을 품는다. 삶과 역사의 극한을 넘어 이옥분의 시적 자아가 도달한 곳은 진리 터득의 지평이다.

시인은 철인과 함께 치열한 사유의 과정을 거쳐 마침내 진리의 지평을 여는 사람이다. 이옥분 시인 또한 마침내 깨달음의 경지에 든다. 선비의 길, 사랑의 길, 예술의 길이, 수행자修行者가 득도得道하듯 이옥분의 시적 자아에게 열리고 있다. 인고, 인욕忍辱과 각고刻苦의 결정結晶이다. 전통 정서, 전통 미학의 재현이다.

그런 지평의 길에는 생명과 구원의 길이 있고, 죽음과 멸망의 길이 있다. 구원의 길에는 만남이 있고 멸망의 길에는 분리가 있다. 자연과 사람, 사람과 사람, 절대 진리(구원자)와의 만남은 생명과 구원의 길을 튼다. 이옥분 시인의 시적 자아가 자연과 인간, 인간과 인간의 만남을 지향하는 것은 미학적 소망이요 기쁨이다.

크리스천인 이옥분 시인의 시조가 절대 진리와의 만남, 그런 사유의 실마리를 감춘 것은 심히 아쉽다. 그런 미학적 생명력을 품은 시조 미학으로 거듭날 수 있기를 바란다.

시조집 상재를 축하한다.